시험전날

깜짝!

참을 수 없어

변보라 그림책

달리

동혁이는 어제 처음으로 시험을 봤어요.
다른 건 몰라도 받아쓰기라면 자신 있었죠.
책도 엄청 빨리 읽고, 말도 정말 많이 하거든요.
게임이랑 TV에서 나오는 글자도 휙 읽어 낸다고요.
그런데, 빵점이라니.

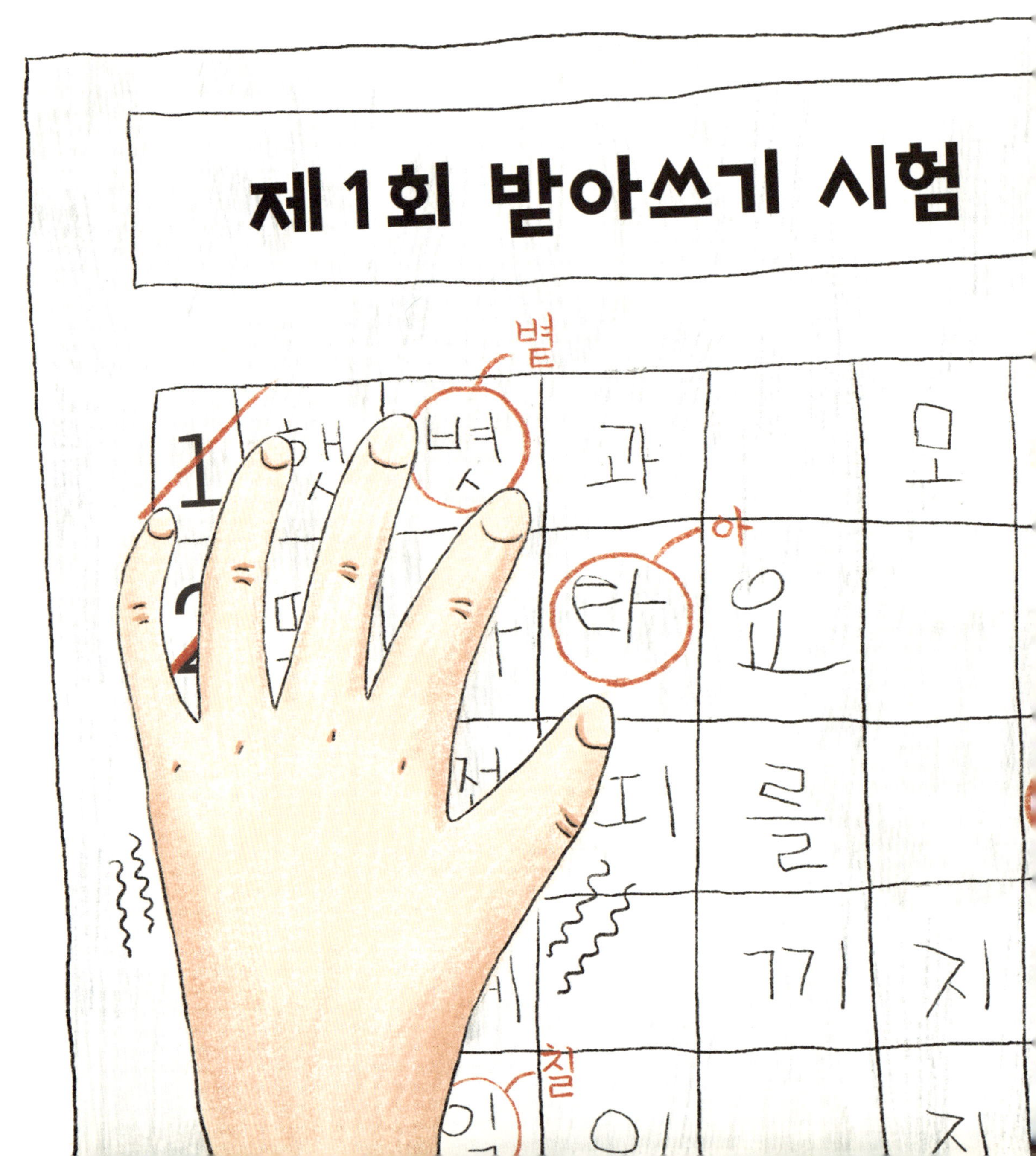

동혁이가
빵점이래!
헉!
정말이네.
학년 2반 3번 이름 김동혁
래
알
매
요
안
게

선생님이 알려 준 정답은 처음 보는 글자 같았어요.
그동안 글을 제대로 보지 않고 휙 읽은 게 문제였을까요?
'천천히! 진득하게!'
엄마가 동혁이에게 하루에도 수십 번 하는 이야기예요.

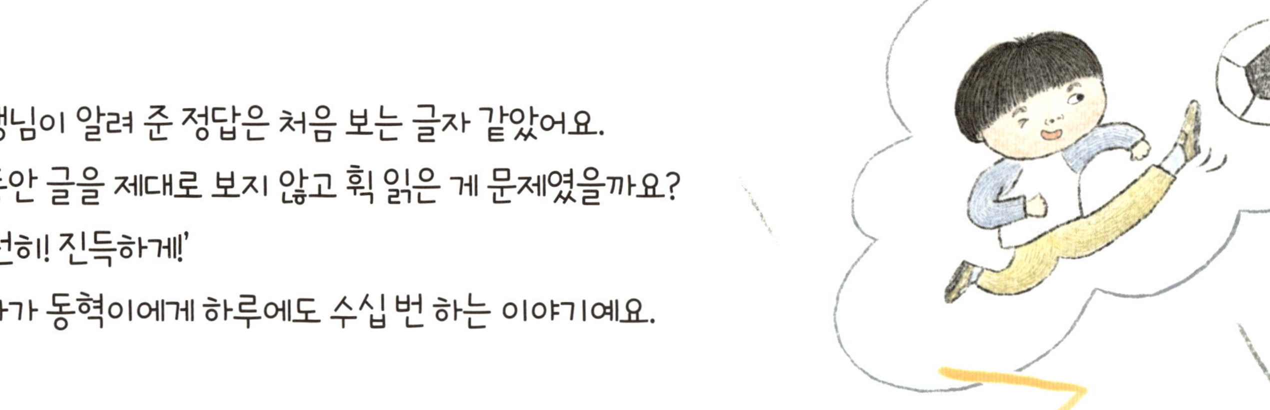

시험 전날에도 엄마는 이렇게 말씀하셨죠.
"30분만 가만히 앉아서 글씨를 써 보렴."
하지만 동혁이는 30분은커녕 10분도 채 가만있지 못하고
TV를 보다 공놀이를 하다 그랬어요.

5.
6.
7.
8.
오물오물
오물오물

동혁이는 잔뜩 풀죽어 집에 왔어요.
엄마에게는 도저히 사실대로 말할 용기가 나지 않았어요.

동혁이는 책상에 앉아 책을 폈어요.
오늘은 엄마 말대로 차분하게 글씨를 써 볼 생각이에요.

하지만 동혁이의 다짐은
5분도 못 가 허물어졌어요.
떡 먼저 먹고 할까?

동혁아! 공부한다며~
계속 먹기만 할 거야?
간식은 참을 수 없지!
오물
오물
하지만 동혁이의 다짐은

책상 정리 먼저 할까?

동혁아~
언제 우리랑 공부할 거야?
그러게.
더러운 건 또
못 참지!
2B

까아아~~악!
무슨 일이야?!
지금까지 손을 안 씻었지 뭐야~
손 씻고 올게
덜 덜 덜~
후비적
후비적
조물락
조물락

눈 좀 떠!
너무 졸려.
덜덜 덜
다리 떨지 마!
쯔잭 쯔잭
동혁아~ 쯔잭!

동혁이의 잠을 깨운 건
바깥에서 들려오는 소리였어요.
몹시 부산스럽고 산만하게 구는 도중에도
놀이터에서 나는 소리만큼은
귀에 쏙 들어와 박히니, 정말 신기하죠?

애들이 재밌게
놀고 있어!
짹짹.
우아 재밌다!
하하하 가위 바위 보!
이제,
우리 축구하자!

친구들이 축구를 하고 있다고 생각하니
동혁이는 도저히 가만있을 수 없었어요.

축구는 참을 수 없어!

동혁이는 1초도 망설이지 않았어요.
내일 재시험을 본다는 사실은 그새 까맣게 잊고 말았죠.

쓴 살 같 이

연필이
떨어졌어!

동혁아,
살려 줘!

후다닥

친구들아,
나도 같이해!
괜히
말했나?

아! 행복해

'학교에서 매일 축구를 한다면 좋을 텐데.'
동혁이는 생각했어요.
축구라면 30분, 아니 한 시간도 넘게 할
자신이 있거든요.

동혁이가 신나게 뛰놀던 그때,
엄마가 동혁이 방을 정리하러 들어왔어요.

엄마는 가방에서 알림장을 찾으려다가
동혁이가 감춘 시험지를 보고 말았지요.

인내심이 뿜
참을 수 없어!

엄마는 머리가 너무 아팠어요.
좋은 성적을 기대한 건 아니었지만,
그래도 빵점을 받을 줄은 몰랐거든요.
"이래 놓고 또 놀러 나갔단 말이지!"
슬슬 화가 치밀어 올랐어요.

학용품 친구들이 나서서
오늘 동혁이가 다시 공부해서
내일은 시험을 잘 보겠다고
다짐했다는 걸 알려 주었지요.

엄마,
우리 이야기를
먼저 들어보세요!

아이고, 이것 봐.
빵점이라니!

이 종이는 잠깐
내려 놓으시고요.

엄마는 동혁이가 자신과의 약속을 지키는지 지켜보기로 했어요.

집으로 돌아온
동혁이는,
빼꼼—

다시 책을 펼쳤어요.
"펭귄.
아, 펭귄의 펭은
'ㅐ'가 아니라 'ㅔ'구나."
오늘의 만화를 시작합니다♪

"펭귄?"
머릿속에 갑자기
만화 주제곡이
떠오르더니

"맞다, 지금 만화 할 시간인데."
또다시 몸이 근질거렸지요.
만화는 참을 수가……

아니,
이런 나를 도저히
참을 수가 없어!

그렇지!
이제
진짜 진짜
콩
북

흠 할 거야!

동혁이는 빵점짜리 시험지를 떠올렸어요.
내일 또 빵점을 받을 수는 없어요.
동혁이는 글자 하나하나 따라 쓰며
딴생각을 떨쳐 냈어요.

그렇게 30분이 지났어요.
동혁이가 집중하며 공부하는 모습에
엄마도 학용품 친구들도
모두 놀랐지요.

5:20
5:10
동혁아 그거 알아?
만화영화 끝났어!

동혁이의 배꼽시계가 울렸어요.
마침 저녁 식사 시간이었어요.
"동혁아, 배고프지?
엄마가 된장찌개 맛있게 끓였어.
우리 어서 저녁 먹자."

"엄마, 그거 알아요?
찌개는 'ㅔ'가 아니라 'ㅐ'예요."
"와, 우리 동혁이 대단한데?"
엄마는 빙그레 웃었어요.
동혁이는 내일 시험을 잘 볼 수 있겠지요?
배고픈 건
참을 수 없지!
꼬르륵

글·그림_변보라

아이들과 복닥복닥 지내는 바쁜 일상에서 반짝이는 순간들을 붙잡아 이야기로 만들고 그림을 그립니다.
〈참을 수 없어〉는 쓰고 그린 두 번째 책입니다.
그밖에 〈후비적 후비적〉을 쓰고 그렸으며, 〈마루와 이상한 미술관〉, 〈순한맛 매운맛 매생이 클럽 아이들〉,
〈지금 가장 소중한 것은〉 등에 그림을 그렸습니다.

1판 1쇄 박음 2023년 7월 5일
1판 1쇄 펴냄 2023년 7월 24일

글·그림 변보라
편집 정재은 | 디자인·제작 심흥섭 | 기획·마케팅 안선주
펴낸이 박소연 | 펴낸곳 (주)도서출판 달리
등록 2002.6.4(제10-2398호)
주소 04008 서울특별시 마포구 희우정로 16길, 17-5
전화 02)333-3702 | 팩스 02)333-3703
ISBN 978-89-5998-467-1 77810